(9-10 Juin) 1881

# COLLECTION

DE

# Feu M. LEPEL-COINTET

TABLEAUX MODERNES

OBJETS D'ART

D 04013

# CATALOGUE

DE

# TABLEAUX

PAR

COROT, COURBET, DECAMPS, FROMENTIN, GERVEX, HUMBERT
(ISABEY, INGRES, MOREAU (GUSTAVE), DE NEUVILLE, VOLLON, ZIEM, ETC., ETC.

# OBJETS D'ART

FAIENCES ITALIENNES, FRANÇAISES ET AUTRES,
MEUBLES, BRONZES D'ART
TAPISSERIES,

*Composant la Collection de feu M. Lepel-Cointet.*

DONT LA VENTE AURA LIEU

HOTEL DROUOT, SALLE N° 8

**Les Jeudi 9 et Vendredi 10 Juin 1881**

A DEUX HEURES.

---

COMMISSAIRES-PRISEURS :

| M^e CHARLES PILLET | M^e DE CAGNY |
|---|---|
| 10, rue de la Grange-Batelière. | 1, rue Rossini. |

EXPERTS :

| Pour les Objets d'art : | Pour les Tableaux : |
|---|---|
| M. CHARLES MANNHEIM | M. GEORGES PETIT |
| 7, rue Saint-Georges. | 7, rue Saint-Georges. |

*Chez lesquels se trouve le présent Catalogue.*

---

**EXPOSITIONS :** { PARTICULIÈRE : le Mardi 7 Juin 1881.
PUBLIQUE : le Mercredi 8 Juin 1881.

DE UNE HEURE A CINQ HEURES ET DEMIE.

D 04013

## CONDITIONS DE LA VENTE

Elle sera faite au comptant.

Les adjudicataires payeront *cinq pour cent* en sus des enchères.

L'exposition mettant le public à même de se rendre compte de l'état des objets, il ne sera admis aucune réclamation une fois adjudication prononcée.

Paris. — Typ. Pillet et Dumoulin, rue des Grands-Augustins, 5.

# DÉSIGNATION

## TABLEAUX

### BARILLOT

1 — Animaux, près d'une ferme.

Haut., 41 cent.; larg., 68 cent.

### BARILLOT

2 — Pâturage.

Haut., 41 cent.; larg., 68 cent.

## BONHEUR

(AUGUSTE)

3 — Bestiaux dans les Landes.

Haut., 26 cent.; larg., 40 cent.

## BOUDIN

4 — Entrée de port.

Le ciel est vivement éclairé par le soleil couchant; de nombreux bateaux à l'ancre sèchent leurs voiles dans le port.

Haut. 64 cent.; larg., 71 cent.

## CORMON

5 — Jalousie au réveil.

Réduction du tableau exposé au salon de 1874.

Haut., 86 cent.; larg., 1 m. 20 cent.

Corot

Les Saules

## COROT

### 6 — Les Saules.

Une rangée de saules borde un chemin conduisant dans la plaine. Un paysan à cheval s'arrête pour causer à deux paysannes qui reviennent de faire de l'herbe. Au loin, la campagne est vivement éclairée; à droite s'étend une prairie où paissent deux vaches.

Haut., 50 cent.; larg., 79 cent.

*Gravé par Vion.*

## COROT

7 — Vue de Saint-Jean-de-Luz.

Haut., 34 cent.; larg., 50 cent.

Courbet

Remise de Chevreuils

## COURBET

(GUSTAVE)

8 — Remise de chevreuils, au ruisseau de Plaisirs-Fontaine (Doubs).

Ce tableau, célèbre depuis le jour où il fut exposé au Salon de 1866, renferme les plus belles qualités du peintre.

Le pittoresque du site, son aspect tout à la fois sauvage et gracieux, la fraîcheur qu'il a su y répandre, tout contribue à faire de ce tableau une des plus belles toiles de l'école moderne.

Haut., 1 m. 72 cent.; larg., 2 m. 05 cent.

*Gravé par Champollion.*

## DECAMPS

9 — Paysage d'Orient, soleil couchant.

Haut., 24 cent.; larg., 31 cent.

## DECAMPS

10 — La Grotte.

Fusain, rehaussé d'or.

Fromentin

Le Fauconnier

## FROMENTIN

**11 — Le Fauconnier.**

Un fauconnier, lancé à fond de train à travers la plaine, un faucon sur le poing et l'autre sur la tête, gagne la chasse, suivi d'une troupe de cavaliers.

Très beau tableau du peintre.

Haut., 1 m. 05 cent; larg., 70 cent.

*Gravé par Miluis.*

# FROMENTIN

## 12 — Un Campement.

Au fond d'un vallon verdoyant est campée une caravane. Les chevaux et les mulets, les uns couchés, les autres au piquet paissent ou se reposent. A droite et à gauche sont disséminés de nombreux groupes d'Arabes. Le coteau est surmonté d'une sorte de forteresse, et à l'horizon apparaît la mer sous un ciel clair et lumineux.

Haut., 50 cent.; larg., 62 cent.

*Gravé par Courtry.*

Fromentin

Un Campement

## FROMENTIN

13 — L'Incendie.

Haut., 31 cent.; larg., 40 cent.

## FROMENTIN

14 — Un Centaure.

Haut., 25 cent.; larg., 21 cent.

## GERVEX

15 — Odalisque.

Haut., 1 m. 35 cent.; larg., 1 m. 91 cent.

## GERVEX

16 — Femme couchée.

Haut., 49 cent.; larg , 83 cent.

## GERVEX

17 — La Folle.

Haut., 45 cent.; larg., 32 c n.

## GERVEX

18 — Femme nue.

Etude au crayon.

## GERVEX

19 — Satyre jouant avec une nymphe.

Forme ronde ; dessin

## D'HAUSSY

20 — Taureau au pâturage.

Haut., 59 cent.; larg. 80 cent.

## HUMBERT

21 — Dalila.

Salon de 1873.

Haut., 1 m. 87 cent.; larg., 2 m.

## HUMBERT

22 — La Tireuse de cartes.

Haut., 1 m. 17 cent.; larg., 77 cent.

## HUMBERT

23 — Odalisque.

Haut., 33 cent.; larg., 60 cent.

## HUMBERT

24 — Tète de femme.

Haut., 64 cent.; larg., 48 cent.

## HUMBERT

25 — Souvenir de Venise.

Esquisse.

Haut., 27 cent.; larg., 34 cent.

## ISABEY

26 — La Rencontre à l'église.

Haut., 60 cent.; larg., 45 cent.

## INGRES

27 — Saint-Paul, apôtre.

Haut., 45 cent.; larg., 36 cent.

## LECLAIRE

28 — Branche d'aubépine.

Haut., 39 cent.; larg., 59 cent.

## LECLAIRE

29 — Vase de fleurs.

Aquarelle.

## MOREAU

(GUSTAVE)

30 — Enlèvement de Déjanire par le centaure Nessus.

Haut., 54 cent.; larg., 45 cent.

## MOREAU

(GUSTAVE)

31 — La Source troublée.

Haut., 45 cent.; larg., 37 cent.

## NEUVILLE (DE)

32 — Mobile dans la neige.

Haut., 34 cent.; larg., 24 cent.

## PILLE

33 — Intérieur sous François Ier.

Dessin à la plume.

## SAUNIER

— Le Crépuscule.

Aquarelle.

## VOLLON

35 — Polichinelle.

Salon de 1872.

Haut., 54 cent.; larg., 91 cent.

## ZIEM

36 — Les Rives du Bosphore.

Haut., 34 cent; larg., 58 cent.

---

# OBJETS D'ART

## FAIENCES ITALIENNES

### FABRIQUE DE GUBBIO

37 — Jolie petite coupe ronde, repoussée à bossages et à riche décor à reflets métalliques rouge-rubis et mordorés. Au fond, saint Jérôme en prière; au pourtour, feuillages et rayons rehaussés de bleu. (Gubbio.)

38 — Petit plat rond à décor à reflets métalliques mordorés. Il offre au centre l'initiale B, entourée de côtes simulées. (Gubbio.)

### FABRIQUE D'URBINO

39 — Très beau plat rond représentant un sujet ayant trait à l'histoire de Troie; composition de neuf figures dans un paysage. Au premier plan, monuments en ruine; au fond, vue de ville. (Urbino.)

40 — Belle coupe ronde sur pied bas, représentant un sujet mythologique. Nous attribuons le décor de cette pièce à Orazio Fontana. (Urbino.)

41 — Plat rond représentant un groupe de trois personnages dans un paysage. Au revers, l'inscription : *Apolloe Hiron*. (Urbino.)

42 — Coupe ronde sur pied bas représentant le Centurion. (Urbino.)

43 — Petit plat rond représentant un sujet tiré de l'histoire de Salomon. (Urbino.)

44 — Plat rond décoré de la figure de la Discorde, debout sur la boule du monde. (Urbino.)

45 — Petit plat rond représentant Adam et Ève chassés du paradis. (Urbino).

46 — Coupe ronde à bossages, décorée au centre d'un buste de femme sur fond jaune, et au pourtour d'ornements bleus et jaunes, sur fond jaune d'ocre et bleu alternant. (Urbino.)

47 — Petit plat rond décoré d'une figure de Minerve dans un paysage. (Urbino.)

48 — Petite coupe ronde sur pied bas représentant Hercule et le lion de Némée. (Urbino.)

49 — Coupe d'accouchée, décorée de grotesques à l'extérieur et à l'intérieur, et offrant au fond un Amour à califourchon sur un dauphin. (Urbino.)

50 — Plateau rond sur piédouche décoré de grotesques et d'une figure d'amour. (Urbino.)

## FABRIQUE DE PESARO

51 — Beau plat rond à décor à reflets métalliques bleu nacré et mordorés, rehaussés de bleu. Il offre au fond une figure de guerrier debout, ainsi qu'une banderole portant une longue inscription. Le marli est décoré d'imbrications et de palmettes. (Pesaro.)

52 — Plat rond décoré d'un buste de femme et d'une corne d'abondance sur fond bleu. Le marli offre une couronne d'entrelacs émaillés vert et des rosaces sur fond blanc. (Pesaro.)

53 — Plat rond décoré d'une figure de cavalier dont le bouclier porte des armoiries. Le marli présente des rinceaux et des groupes de fruits sur fond blanc. (Pesaro.)

54 — Plat rond offrant au centre un buste de femme sur fond bleu, et au marli des imbrications et des ornements sur fond varié de nuances. (Pesaro.)

## FABRIQUE DE DERUTA

55 — Joli petit plat à décor à reflets métalliques bleu nacré et mordorés. Au fond, buste de femme de profil et banderole portant le nom *Madalena*. Au marli, décor rayonnant sur fond blanc. (Deruta.)

56 — Plat rond, à décor à reflets métalliques mordorés et rehaussés de bleu. Sur l'ombilic le nom d'*Andrian;* au pourtour et au marli, des côtes simulées en spirale et rehaussées de jaune. (Deruta.)

57 — Cuppa amatoria à décor à reflets métalliques, à queue de paon rehaussé de bleu. (Deruta.)

## FABRIQUE DE FAENZA

58 — *Cuppa amatoria* offrant au fond de la cavité un buste de femme sur fond bleu et au pourtour une bande réservée en blanc. Le marli large est décoré d'ornements feuillagés en couleur sur fond bleu et jaune orangé alternés. (Faenza.)

59 — *Cuppa amatoria* décorée au fond d'un écusson armorié et offrant au pourtour et au marli des ornements feuillagés et rayonnants.

60 — Plat rond décor polychrome; au fond, entrelacs de feuillage, au marli, bâtons rompus décorés de bleu. (Faenza.)

61 — Petit plat rond ; au fond, une rosace à fond jaune, et au marli, entrelacs d'arceaux décorés en jaune sur fond bleu. (Faenza.)

62 — Plat rond décoré d'ornements et de rosaces en blanc et brun orangé sur fond bleu uni. (Faenza.)

## FABRIQUE DE CASTELLI

63 — Plat rond décoré au fond d'un groupe de figures nues dans un paysage. Le marli offre des rinceaux, des génies et des oiseaux en couleurs sur fond blanc.

64 — Grand plat rond représentant Abraham et Agar dans un paysage. Il porte la signature S. Grüe et la date de 1733. (Castelli.)

65 — Plateau rond sur piédouche décoré d'un paysage semé d'habitations. (Castelli.)

66 — Petit plat rond représentant au centre Vénus dans un paysage et fustigeant l'Amour. Le marli offre des cariatides de génies se terminant en rinceaux. Cette pièce est rehaussée de dorure. (Castelli.)

67 — Assiette décorée au fond d'une figure de fleuve, et au marli de rinceaux ornés sur fond bleu. (Castelli.)

68 — Assiette décorée au fond d'une figure de bergère et d'animaux, et au marli de figures de génies, de mascarons et de fleurs. (Castelli.)

69 — Soucoupe-présentoir décorée d'un motif ornemental soutenu par deux génies ailés et sur lequel reposent deux figures assises. (Castelli.)

## DIVERSES FABRIQUES ITALIENNES

70 — Plat rond décoré d'un paysage accidenté avec cours d'eau au premier plan. L'extérieur offre des rinceaux feuillagés bleus et porte l'inscription suivante : 1548. *1, di 18 maio fatt.* (Caffagiolo.)

71 — Grand plat rond décoré au centre d'un écusson armorié, et au pourtour de branches de fleurs, variées de nuances. (Gênes.)

72 — Grand plat ovale à rinceaux feuillagés en relief au marli et décorés en bleu sur fond bleu. Il offre au fond le sujet d'Esther devant Assuérus. (Trévise.)

73 — Coupe ronde à côtes feuillagées, à décor brun, et offrant au centre un écusson armorié, gravé et émaillé en couleurs. (La Frata.)

74 — Plat rond, décor polychrome. Au centre, un arquebusier debout, et au marli, une couronne de feuillages et des ornements.

75 — Plateau octogone sur pied bas, à ornements gaufrés en relief et décorés en bleu. Au fond, un paysage avec cours d'eau. (Savone.)

76 — Buire, à anse serpents enroulés, décorée des figures de Mars, de Vénus et de l'Amour.

77 — Plateau rond sur piédouche, décor bleu, à fleurs et animaux. (Savone.)

78 — Plat rond en ancienne faïence hispano-mauresque, à décor à reflets métalliques ; sur l'ombilic, un écusson armorié ; au pourtour, des ornements, et au marli, godrons saillants portant chacun une croix réservée en blanc.

79 — Plat rond décoré au fond d'une figure d'amour debout, sur fond jaune, et au marli de trophées d'armes sur fond bleu. (Castel Durante.)

80 — Grand plat rond décoré d'un paysage avec monuments et personnages. (Trévise.)

81 — Deux coupes rondes à quadrillages découpés à jour et décorées de médaillons, figures d'amours et paysages.

82 — Petit plat oblong à contours, décor polychrome, à personnages et fleurs.

83 — Plat rond, décor bleu, à écusson armorié et figures de génies. (Savone.)

## TERRES ALLEMANDES

84 — Pot cylindrique à anse en terre émaillée, décoré au pourtour des figures des apôtres en relief et de l'agneau pascal en couleurs sur fond brun. Couvercle en étain. (Munich.)

85 — Cruche en terre brune, à buste et palmettes en relief émaillés en couleurs. Couvercle en étain.

86 — Petit pot de forme sphérique, en terre de Munich, à ornements gaufrés en relief et émaillés noir. Couvercle en étain.

87 — Pot en grès émaillé bleu, à mascarons en relief. Couvercle en étain. (Flandre.)

## FAIENCES DE DELFT

88 — Belle plaque carrée à décor bleu, représentant un paysage avec figures d'après Berghem.

89 — Petite potiche à pans, avec couvercle, décor bleu à figures dans le goût de Watteau. (Delft.)

90 — Petit vase sphérique à décor bleu, à personnages et paysage. (Delft.)

91 — Bouteille à panse sphérique et goulot droit, décor bleu, à paysage et fond couvert d'ornements. (Allemagne.)

92 — Jolie gourde à pans, décor bleu et manganèse, de style chinois, à figures dans des paysages. (Delft.)

93 — Petite coupe ronde, à décor bleu. A l'intérieur, médaillon de paysage; à l'extérieur, branches de fleurs; au fond, la date de 1638 et les initiales G. G. P. F. (Delft.)

## FAIENCES DE NEVERS

94 — Deux jolis petits bustes d'Apollon et Vénus, décor polychrome. (Nevers.)

95 — Belle gourde, à deux anses têtes de boucs et fruits en relief, décor polychrome représentant des enfants montés sur des dauphins nageant sur des flots bleus. Pièce rare attribuée à Conrad. (Nevers.)

96 — Belle bouteille à panse sphérique et goulot droit, décor polychrome à médaillons de paysages, personnages et ornements. (Nevers.)

97 — Hanap à décor bleu et manganèse, à médaillons de paysages à personnages, et encadrements ornés. (Nevers.)

98 — Petit groupe représentant la Vierge debout portant l'Enfant Jésus. Décor polychrome. (Nevers.)

99 — Grand flambeau à large base, à pans, et tige à côtes à décor bleu. (Nevers.)

100 — Belle gourde à fond bleu de Perse et décor de fleurs en blanc et jaune. Belle qualité. (Nevers.)

101 — Bouteille à panse sphérique et goulot droit, décor bleu à personnages dans un paysage, et ornements. (Nevers.)

102 — Joli petit plateau rond à fond bleu de Perse, décoré d'un bouquet de fleurs en blanc et jaune. (Nevers.)

103 — Petit plat rond à fond bleu de Perse, décoré d'une corbeille de fleurs et d'ornements émaillés blanc. (Nevers.)

104 — Petit plat rond à décor en bleu et manganèse à sujet de chasse d'après Tempesta, et fleurs arabesques au marli. (Nevers.)

105 — Très petite bouteille, décor polychrome à fleurs. (Nevers.)

106 — Carreau de faïence décoré de rinceaux émaillés blanc sur fond bleu. Il provient du château des ducs de Nevers.

107 — Très grand plat rond, décor bleu : *Alexandre faisant enfermer dans un coffre d'or les œuvres d'Homère* (d'après Raphaël).

108 — Vase ovoïde à deux anses enroulées et à couvercle décor bleu et manganèse à paysage et figures. (Nevers).

109 — Deux jolies bouteilles à panse surbaissée et goulot droit; décor bleu et manganèse à rinceaux et feuillages; paysages avec figures, écussons armoriés surmontés d'un chapeau de cardinal (Nevers).

110 — Plat rond, décor bleu sur blanc; au fond, deux personnages et un chien dans un paysage; au marli, compartiments de fleurs, fruits et trophées d'armes. (Nevers.)

111 — Vase cylindrique décoré de fleurs et d'ornements en camaïeu bleu sur fond bleuté. (Nevers).

112 — Petite Gourde formée d'un mascaron-applique. (Nevers.)

## FAIENCES DE ROUEN

113 — Deux jolies consoles de suspension, à mascarons en relief et à décor polychrome. (Rouen.)

114 — Soupière oblongue, décor polychrome, *à la corne* sur le couvercle et *à fleurs* sur la partie inférieure de la pièce. (Rouen.)

115 — Plat oblong et à pans, à deux anses. Décor bleu et rouille. Au centre, corbeille de fruits, cornes d'abondance, draperies et ornements. Au pourtour, lambrequins ornés de feuillages. (Rouen.)

116 — Belle soupière oblongue avec couvercle surmonté d'un serpent, formant anneau, et plateau à contours. Riche décor polychrome à fleurs et large bordure à quadrillages et demi-rosaces. (Rouen.)

117 — Petit plat oblong à contours; décor polychrome à ornements au pourtour et armoiries au centre. (Rouen).

118 — Petit groupe composé d'un enfant nu assis sur un dauphin. Décor bleu. (Rouen.)

119 — Deux consoles de suspension, à mascarons en relief; décor polychrome. (Rouen.)

120 — Petit vase porte-fleurs à deux anses torses, décor bleu. (Rouen.)

121 — Petit vaae en forme de balustre, décor bleu à lambrequins et fleurs. (Rouen.)

122 — Petit vase de même forme, décor polychrome à figures de Chinois dans un paysage. (Rouen.)

123 — Très petite jardinière à deux anses, à décor bleu. (Rouen.)

124 — Hanap, forme casque, avec goulot orné d'un mascaron et décor bleu à ornements. (Rouen.)

152 — Savonnette oblongue, à couvercle, décor bleu et rouille. (Rouen.)

126 — Porte-huilier ovale, décor bleu et rouille à fleurs et ornements. (Rouen.)

127 — Beau vase en forme de balustre, à pans, à riche décor bleu à lambrequins; figures d'Amours et ornements variés. (Rouen.)

128 — Petite jardinière-applique, décor polychrome à fleurs. (Rouen.)

129 — Beau plat à contours en hauteur, décor polychrome dit à la gargouille. (Rouen.)

130 — Assiette à bords festonnés, décor polychrome à fleurs. (Rouen.)

131 — Compotier à bords festonnés, décor polychrome à la double corne. (Rouen.)

132 — Assiette à bords festonnés, décor polychrome à la corne tronquée. (Rouen.)

133 — Jolie assiette à décor bleu et rouille, à corbeille de fleurs au centre, et lambrequins et corbeilles de fleurs au pourtour. (Rouen.)

134 — Assiette à décor de même style. (Rouen.)

135 — Assiette à décor bleu et rouille, avec chiffre au centre et ornements quadrillés au bord.

136 — Assiette décor polychrome; au centre, une corbeille de fleurs; au marli et à la chute, ornements et festons de fruits. (Rouen.)

137 — Compotier à bords festonnés, décor polychrome au carquois. (Rouen.)

138 — Grande jardinière ronde, à deux anses; décor bleu à lambrequins et ornements. (Rouen.)

139 — Grand plat rond, décor bleu à lambrequins au marli, et à corbeille de fleurs au centre.

140 — Plat rond et creux, à bords festonnés; décor polychrome à la corne.

141 — Petite coupe ronde à côtes, décor bleu, à rosace et ornements.

## FAIENCES DE MOUSTIERS

142 — Plat oblong à contours, décor bleu dans le goût de Callot. (Moustiers.)

143 — Plateau rond à contours, décor bleu dans le goût de Berain, avec ornements au centre et au pourtour. (Moustiers.)

144 — Porte-fleurs en forme de vase surbaissé, décor polychrome à festons de feuillages et ornements. (Fabrique du Midi.)

145 — Gourde aplatie, décor dans le goût de Callot en camaïeu vert. (Moustiers.)

146 — Ecuelle ronde, à deux anses et à couvercle, à décor de même style. (Moustiers.)

147 — Assiette à bords festonnés, décor polychrome; au centre, médaillon représentant Orphée charmant les animaux; au marli des guirlandes de fleurs.

148 — Plat rond à contours, à couverte brune et décor d'or à froid au marli. (Avignon.)

149 — Joli plat oblong à contours; décor polychrome. Au centre, bacchanale d'enfants. Au pourtour, guirlandes de fleurs. (Moustiers.)

150 — Deux plats ovales, décor bleu dans le style de Berain. Au centre, Triomphe de Neptune et d'Amphitrite; au bord, des ornements. (Moustiers.)

## DIVERSES FAIENCES FRANÇAISES

151 — Plat ovale en faïence de la suite de Bernard Palissy représentant le sujet de la Décollation de saint Jean au relief.

152 — Plat rond de même faïence représentant Bethsabée au bain.

153 — Plateau rond à rosace et ornements en creux et couverte d'émail vert. (Nîmes.)

154 — Carreau en faïence représentant un suivant de Bacchus tenant une corbeille de fruits.

## TAPISSERIES ET MEUBLES

155 — Grande tapisserie de la fin du XVI^e^ siècle représentant un sujet biblique. Riche bordure composée de groupes de fleurs, de fruits et d'oiseaux Belle conservation. Haut., 4 m. 17. Larg., 4 m. 70.

156 — Jolie portière en tapisserie représentant des jeux d'enfants dans un parc. Elle est appliquée sur un fond de peluche jaunâtre.

157 — Deux grands chenets de style Renaissance en bronze surmontés de figures de guerriers debout sur socles reposant sur des dauphins.

158 — Très grande table de style Renaissance en bois sculpté, sur pieds formés de cariatides fantastiques.

159-160 — Deux fauteuils de style Renaissance en bois sculpté, couverts en cuir.

RED. :

24

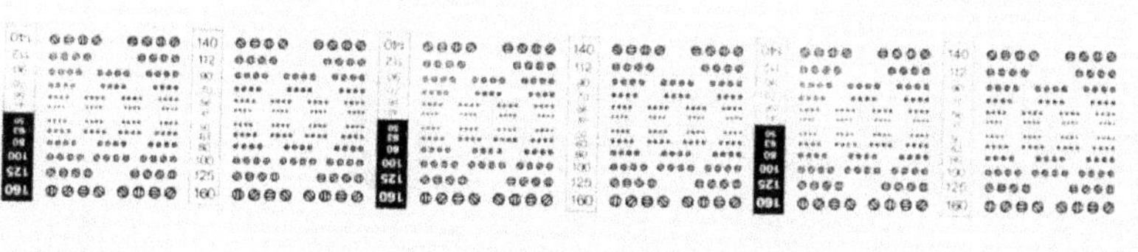

graphicom

MIRE ISO N° 1
NF Z 43-007
AFNOR
Cedex 7 - 92080 PARIS LA DEFENSE

0 1 2 3 4 5 6 7 8 9 10

BIBLIOTHÈQUE
NATIONALE
DE FRANCE
* * * *
CHATEAU
DE
SABLÉ
1997

www.ingramcontent.com/pod-product-compliance
Ingram Content Group UK Ltd.
Pitfield, Milton Keynes, MK11 3LW, UK
UKHW022143170726
13837UKWH00004B/1755

9 782329 252827